작은 새 날다

작은 새 날다

원순옥 시집

토담미디어

무언가 자꾸 쓰고 싶을 때가 있다.
쓰다 보니 그게 시가 되었다.
힘들 때 마음을 내려놓을 수 있는 쉼터이자
삶의 희망과 보람을 느끼게 해주는 詩,
시가 있어 행복하다.

단 한편의 시를 쓰게 쓰더라도
읽고 나면 그림이 그려지는 시를 쓰고 싶다.
글을 쓴다는 건 마음을 맑게 하는 것 같다.
맑은 마음으로 세상을 그리는 시를 쓰고 싶다.

늘 지켜봐주는 동료들과 항상
응원해주는 남편과 자녀들에게 감사하다.
하루하루 무탈하게 살아가는 작은 바람을 가져본다.

2021년 늦은 여름
원순옥

차례

2부

3부

1부

봄이 오는 소리

저기 저— 멀리서
어린 봄 한 쌍이
손잡고 걸어오네

기력 잃은 겨울에게
이제 그만 집에 가라고
손사래 하며 걸어오네

아직 이 세상엔
태어날 아기들이 더 많다며
파아란 말씀을 가지고
지구를 돌며
그렇게 노래하며 오고 있네

저기 저— 멀리서
어느 새
내 가까이 소곤대며
그렇게 오고 있네

목련꽃

흰 옥양목 이불 호청 뜯어
양잿물 넣고 푹푹 삶아
넓은 마당 빨래줄 한가운데
훌훌 털어 널어놓고

시원하다 무심하다 부질없다
혼잣말로 넋두리 하다가
목련나무 가지 끝
탐스러운 햇살 머금은
하얀 목련꽃 본다

흔들리는 봄날
수줍은 바람은 새로 난 주소에서
여린 질서와 착한 공기와
푸른 순수를 한아름 안고
슬머시 내 곁으로 다가와
환하게 웃으라 한다

14

빨랫줄의 빨래도
곁눈질하며 목련꽃마냥
하얗게 웃고 있다

혼자서 밥을 먹다가

4월의 늦은 저녁
혼자 밥을 먹다가
갑자기 어머니를 봅니다

얼마나 외로 우셨을까
날마다 홀로
밥상을 마주했을
당신의 저녁

봄비 내리는 거리
꽃들의 아우성은 더욱
어머니를 홀로이게 했고

깊은 밤 어둠 속에 잠 깨어
홀로 견뎌야했을 목마름들

그럴수록 잘 닦으신
그리움들 기다림 들은

빗속에 숨어 만개한
당신의 피와 눈물이었습니다

사월

생명이 보고 싶어
삽질을 하다가
지렁이 한 마리 캐냈다

머리는 지구 안으로
꼬리는 지구 밖으로
어디가 머리이고, 어디가 꼬리인가

봄볕이
그들을
세상으로 불러내고 있다

거기 초록이 서 있었다.

봄이 오시는 길

청계사 가는 길
꽃가게 문 연다
꽃들을 모조리
문 밖으로 내어논다

청계산 바람
실눈으로 불어와
꽃들과 어우러져
히히대며 장난질한다

뚱뚱한 아줌마
꽃에 대고 키스하며
봄을 듬뿍 마신다

봄은 손녀의 깨금발로 온다

작은 새 날다

아지랑이 덩실 춤추며 오시던 날
내 품속 깊이 간직했던
새 한 마리 놓아 줍니다

파릇한 봄볕아래
이제 막 날기 시작하는
여리디 여린 작은 새

"이제 막 발 디딘 그곳이 네 세상이려니…"

가슴에 묻어 두었던
아스라한 그리움
그 그리움의 바깥이 일순 환해집니다

진달래 마음

너무 오래 울고 울어
불타는 산이 되어
산골짝 골짝마다 떠도는
그리운 울음 본다

진달래 꽃피면 오리라던
편지 한 장 남겨놓고
소리 없이 떠나버린
그리운 그대여

먼 길 돌아 이제
꿈에라도 만나려나
붉디붉은 마음 하얗게 바래
햇빛 속을 날고 있다

저기 봄이 가고 있네요

빈 찻잔에
지는 꽃 그림자 고요히 부어
바람과 함께
그대에게 보냅니다

물소리도 가벼운
그날 밤 잠 못 이루던
내 생애 아득한 그리움
아~
저기 봄이 지고 있습니다

산다는 것은 어쩌면
꽃이 피고 꽃이 지는 것처럼
환한 적막과 푸른 고요가
먼 길 서성이다 놓쳐버린
그런
봄날 저녁 같은

아~!

저기 봄밤이 막 가려 하네요

엄마의 햇볕

봄비 그친 맑은 날
연둣빛 햇살과 어린 바람을
수레 가득 싣고
고향집 사립을 연다

닫혀 있던 창을 열며
뜨락 가득
가만 가만
연한 고요를 내려놓고

그리움 너머로
부르면 가슴 뭉클하게
목이 메이는 어머니
맨발로 뛰어 나올 것 같아

홀로 된다는 것

벚꽃이 만개한 어느 봄날
나는 길가에 시를 버렸습니다

다시는 오지 않을 이 봄에
나는 흩어지는 꽃잎 하나 주워
입맞춤하고는
그 꽃잎을 버렸습니다

다시는 오지 않을 이 봄날
한 사람이 꽃잎처럼 가버렸습니다
입가에 환한 미소를 머금고
슬며시 내 곁을 떠났습니다

무거운 짐 모두 벗어 던지고
훨훨 나비처럼 날아
가 버린 한 영혼을
나는 끝내 붙잡지 못했습니다

질경이

짓밟히고 짓뭉개져서
온몸이 마구 찢기어 나가도
끈질기게 살아서
새파란 눈뜨고 하늘을 본다

일어서려면 다시 밟고
일어서려면 다시 뭉개어도
새파란 피 흘리며 다시 일어선다

천도 넘게 끓는 가마솥에서도
꼿꼿하게 일어서서
당신의 혈관 타고
파랗게 피돌기한다

그것이 내 할 일이다

죽어도 눈 못 감을
그리움 하나 거기 있어

벽

크고 작은 상처 가슴에 안고
저 산들의 고요처럼
착하게 엎드려 살다보면
슬픔처럼 슬픈 울음도 보고

어둠으로도 지울 수 없고
투명한 마음으로도 가릴 수 없어
헤매이길 반백년
어느새
산처럼 그대를 품었습니다

진종일 할 일 없는 비가 내려도
하루를 침묵으로 보내고
숲에서 불어오는 바람에 베인
상처까지도 감싸 안는
그런 산이 되었습니다

아픈 별

새벽 미명에
하나 둘 하나 둘
운동장에 퍼지는
저 둘의 소리

앞에서 뛰며 손을 들어
뒤따라오는 아들을 향해
하이파이브
손과 손을 부딪치며
다시 뛰는 두 사람

아들아
아픈 것 모두 털어 버리고
어서 뛰어라
가슴에 묻어 두었던
아버지 마음 보인다

아버지보다 더 큰 덩치로

아버지 뒤를 따라 달리는
저 아들을 어찌하랴

용서하라
태어나기를 그런 몸으로 태어난 것을
2% 부족한 아들을
사랑으로 껴안는
저 아버지의 그윽한 눈빛

세상의 아비들이 모두
저 아버지의 마음 같음을
혼자 가던 바람이 방향을 바꿔
저들의 땀을 닦아주며
함께 달린다

꽃들의 반란

흐드러지게 피어 웃고 있는 저 꽃들
산천은 온통 꽃들로 지천인데
코로나19 바이러스
너 때문에 우리는 통곡한다

참으로 오랫동안 참고 참으며
네가 우리 곁을 떠나기만을 기도했는데
어찌해볼 수 없는
너의 행태에 우리는 분노한다

지나가거라
이 계절이 다 가기 전
어서 지나가거라
가만히 귀 기울여 들어 보아라

서러워 꿈속에서도 통곡하는
저 꽃들의 소리를
아우성을!

어디 꽃들
꽃들뿐 만이랴

눈 속에 말을 담고

할 말을
눈 속 가득 담고
차마 말을 못하는

말을 할 듯하다가
또 그냥
지긋이 쳐다만 보고는

잠시
손잡고 바라보다가
눈물이 앞을 가려
끝내
아무 말 못하고

눈 속 가득 말을 담고 돌아서는
저 딸의 아린 마음을
고요히 빈 허공만 응시한 채
마른 풀잎처럼 앉아만 계신

어머니,

당신은 알고 계신지요

5월

그
먼 길

누군가 사뭇 올 것만 같아

연한 상추꽃
한아름 안고

봄의 전령

연둣빛 햇살이 비스듬히
겨드랑이에 비치고
어린 바람 살며시 이마에
와 닿는 이런 봄날

멀리서 들리는 버들강아지
하품하는 소리
땅속 지렁이 몸 간지러워
꿈틀대는 소리
꽃다지 웃음 머금고
온대성 바람과 속삭거리는 소리

거기 내 마음
떠난 임 그리워
눈빛만 멀리 하네

1월의 문턱에서

발가벗은 바람이
겁 없이 다가온다

이런 날 나는,
오두막집 걸어두었던
빗장을 풀어놓고

그리움이 밀물처럼
밀려오는 언덕에 홀로앉아
머언 먼 기억을 찾아
파랑새 되어 날아간다

그곳은 언제 보아도
내 그리움이 다발로 묶여
그림자처럼 길게 걸려있는
그런 아득한 곳

그리워하는 마음

가끔은 당신이 보고 싶다고
허공에 대고 큰소리 치고 싶을 때
가슴으로 숨죽여 가며 울지도 못할 때

슬퍼도 슬프다 말 못하고
강물처럼 흘려보낼 때
마음에서 당신을 지우려 해도
지워지지 않을 때

봄이 오면 싱그런 햇살 닮은
당신 얼굴 생각날 때
문득문득
당신의 서 있는 자리가 궁금할 때

당신 생각에 설명할 수 없는
헝클어진 내 마음을 나도 읽지 못하고
오늘도 까만 밤을 하얗게 지새웁니다

2부

수리산 그늘

어찌 녹음만이 푸르게 탄다 하느냐
묵묵히 낮게 엎드린 수리산
키 작은 나무들의 가슴을 보아라

험한 세상 떠돌다 돌아온 나그네
바람에 베인 상처자국 꼭꼭 싸매주고
불빛이 그리워 떠도는 벌레들
따스하게 가슴에 품어주고
허물어지는 모든 시름들을 감싸 안는

저 크나큰 그늘을 보아라

나리꽃

어쩌면
저리도 발칙하게
부끄럼 하나 없이
속내를 홀라당
까뒤집어
보일 수 있을까

혼자
고고한 척
모가지
길게
빼 들고
서서

삼계탕을 끓이며

태양이 이글거리는 음력 7월의 한여름
생신이 복伏 중이라 인덕이 없으시다던 아버지
온 동네 어르신 모두 불러
삼계탕 한 그릇으로 대접하던 아버지 생신 날

그래도 뜨끈한 삼계탕 한 그릇이
여름날 보약이라 하시던 어르신 말씀

찹쌀 두어 주먹, 수삼 한 뿌리, 대추 몇 알
깐마늘 몇 알, 날밤 두어 알
거기다가 곁들인 막걸리 몇 잔
모두들 흡족해 하시던 그 모습들

지금은 모두들 어디 가시고
속절없이 키만 큰
느티나무 한 그루
쓸쓸히 고향을 지키고 있네

7월 한낮

손끝 하나 까딱 않는 햇볕에도
가부좌를 풀지 않는
저
청록의 이파리들

머리카락 휘날리며 맨발로 뛰다가
넘어지다가 일어서다가 찬찬히 걷다가
보내버린 세월

다시는 돌아 올 수 없는 그리움 한 채가
한낮의 7월 아래
늘어지게 졸고 있다

아득한 저편

은하를 사이에 둔
견우와 직녀의 사랑을
그대는 아시지요

손을 내밀면
닿을 듯 닿을 듯한
애절한 그리움 속의 그리움을

적막한 밤
몰래 다녀가는 손님처럼
간절히 붙들고 싶은
찰라 같은 그 시간

까맣게 타버린
눈 먼 저
닳고 닳은 그 숨결

말복에

오늘이 마지막 더위라고
그늘 따라 긴 행렬
계곡마다 북적인다

어미 개든 어린 개든
저렇게 뜨거운
죽음의 한가운데로
꼬리에 꼬리를 물고

이 참담한 비애여

간곡한 만류에도 어쩔 수 없이
떠나야만 하는 사람처럼
가슴에 묻어 두었던
슬픔 고이 간직한 채

지상에서 지워져가는
마지막 한 생을

철없는 바람이 등 뒤에서
긴 해안선을 지운다

소리의 무게

한차례 장마가 훑고 간 자리
떠내려가지 않고 어딘가 붙어 있다가
저리도 구슬피 울어대는
개구리 소리
맹꽁이 소리

저 소리의 무게는 얼마쯤 될까,

또 울다 지쳐
순간 고요로 남는
저 고요의 무게는 얼마쯤 될까

아니 세속에 묻은
우리 인간사
삶의 무게는 숫자가 보이질 않네

새 그늘

수리산 그늘은
벌레 먹지 않는다

그늘 속에서는
벌레도 새 소리도
함께 그늘이 된다

나도 너의 그늘에 들고 싶다
너의 그늘에서
한 마리의 벌레이고 싶다

초록의 계절
벌레 먹지 않은
그늘을 만나러 가자

호박잎

참매미 소리에
풋감이 떨어지고

한낮 더위는
바람난 풀잎마저 누인다

대추나무 가지
껴안은 끄트머리

서러워라

내가 있으므로
꽃을 피우고
열매도 맺는데

나이도 없는 나를
연로하신 어머니는
내가 있어야

밥을 드실 수 있단다

거기
호박잎 크기만 한
그리움과 함께

안부

그리움을 잎새에 실어
그대에게 보냅니다

부리고운 산새 한 마리
푸른 고요를 물고 와서

이 여름이 다 가기 전
그대 안부 묻습니다

누구에게나 견딜 수 없는 아픔이
한 번 쯤은 있는 거
그러나
이겨내지 못할 슬픔 또한
없다는 것을

산그늘이 슬며시 내려와
빙긋이 웃습니다

마음을 드라이크리닝하다

그냥 잠만 잤다
마음을 비우러 간 곳에서
무더운 여름
몇 날 낮, 몇 날 밤을
마냥 잠만 잤다

깨어서야 알았다
저 푸른 나무들이
모든 것 내려놓고
왜 한 번씩 죽음처럼
깊은 잠을 자고 나는지를

비로소 알았다
죽음처럼 깊은 잠이
왜 하얗게 몸살하며
천둥치고 비바람 치는지를

누구나 한 번쯤은

죽음처럼 깊은

잠을 가져보아라

계절이 왜 변하는지를

왜 밤낮없이 매미가 몸부림하며

저리도 뜨겁게 울어대는지를

흘러간 것은

다 그리움이라는 것을

물의 지혜

어찌 흐르는 것이 물 뿐이더냐
세월이 흐르고
구름도 흐르고
사랑도 흐르고
그리움도 흐르고
계절도 흐르는데

그러나
우리는 흐르는 물에게서 배운다
흙을 적시고 나무를 적시고
돌을 지나서 먼 구비를 돌아
여기까지 오지 않았더냐

깊고 넓을수록 소리 없이 흐른다는 것을
흐르는 세월 속에서도
그리움은 쓸쓸하게 출렁이며 온다는 것을

너에게서 배운다

길을 가다가

장마가 끝나고
폭염이 쏟아지는
아스팔트 길 위에
젖은 몸 말리러 나온
지렁이 한 마리

지나가는 사람 발길에 밟혀
목숨을 잃었다

단백질 섭취하러 나온 개미떼
인정사정 볼 것 없이 떼거리로 들러붙어
지렁이 사체 뜯고 있다

그냥 어둠 속에서
젖은 몸으로 살 것이지
잠시 잠깐 밝은 빛 맛보려고
지상에 나왔다가 목숨까지 잃어버린
저 불쌍한 놈

어쩌면 사람 사는 세상과
저리도 똑 같을까
허술한 점 하나만 보아도
벌 떼처럼 달려들어
물어뜯는 우리네 인생들

서글픈 현실을 깨닫기도 전에
또 하루가 지나간다

진범을 보셨나요

이른 아침 수리산 자락에서는 보지 못했어요

운동화 끈 질끈 동여매고 면장갑 느슨하게 끼고
까만 선글라스에 새털모자 푹 눌러쓰고
배낭엔 생수 한 병 이슬 맞으며 서 있는
진범*을 보셨나요

청계산 허리쯤

물봉선, 멸까치, 가시여뀌, 가는잎장구채, 꿩의다리
쪽동백, 족도리풀, 큰애기나리, 까치박달, 고마리
사위질빵, 개암나무, 며느리밑씻개, 박쥐나무, 생강나무
서어나무 옆을 지나
고고하게 학들이 모여 합창을 하는 그곳에서
혹 진범을 못 보셨나요

거짓말 한 번 해 본 적 없는데
떨어진 동전 한 닢 주운 적 없는데

바늘 하나 훔친 적 없는데
하루살이 한 마리 죽인 적 없는데

다만
천남성天南星*곁에 슬며시 자리 잡고 있을 뿐인데
나를 진범이라 부르네요

청계사 독경소리에 귀 씻고 마음 다스리며
합장하는 보살
진범을 보신 적 있나요

*진범 : 미나리아재비과에 속하는 다년생 초본식물, 연한자주색 꽃이 피며 길이
는 40—70㎝. '중국 진나라 시대에 살던 작은 짐승을 닮은 식물'이라는 뜻을
가졌다.
*천남성天南星 : 천남성과의 다년초. 산지의 그늘진 곳에 나며 줄기 높이는 30—
60㎝. 구경球莖은 살이 많고 수염뿌리가 남. 5—7월에 꽃이 피고 열매는 옥수
수 알처럼 열리며 붉게 익음.

쓰레기통

그냥 주는 것만 받기로 했다
더 달라고 욕심 부리지 않았다
흑백 구별하지도 않았다
계산도 하지 않았다
자존심도 세우지 않고
묵묵히 제자리에서 내 할일만 했다

비록 내 몸이 남루해도
부끄러워하지 않으며
육신이 고달파도 인내하며
그저 사랑하나로 감싸 안으려 했다

방황하며 떠돌던 아이들
다시 저음으로 돌아와
꺼져가는 불빛 한 자락 붙들고
불빛 한 자락 붙들고

가슴 속 찌꺼기 게워내고

찌든 세월 흘러버리고
푸른 꿈 안고 낮은 곳에
서 있기로 했다

산을 오르며

초복이 지나니 더위가 극성이다
그래서 새벽 미명에 산을 오른다
삶의 모든 시름 벗어 던지고
오로지 숲의 세계로
시원하게 심호흡 하러간다

인생이 별 것이더냐
험하다는 세상 잘 견뎌내며
모든 것 내려놓고 마음 편히
건강하게 살면 되는 것 아니겠느냐

욕심을 부려본들
내 맘대로 되는 것 있다더냐
잠 안자고 고민한다고
내일이 오지 않더냐

인생 잘 못 살았다고 해서
되돌려 살 수도 없는 것

그저 그렇게 허허 웃으며
살면 되는 것 아니더냐

숲에서 불어오는 바람이
씩— 웃으며
그런 게 인생이라고 한다

손자와 할아버지

뜨거운 여름 한낮, 여섯 살 손자 놈
코로나 무섭다며 마스크로 중무장하고
할아버지 손잡고 장난감 사러 간다

그래, 너의 머릿속에는
오직 장난감만 있겠지
나도 너처럼 그런 어릴 적이 있었단다

이만큼 살아보니 철없던 어린 시절이
한없이 행복했다는 걸
이제야 알게 되는 구나

그래, 아무런 생각 말고
지금 실컷 뛰어 놀 거라
할아버지처럼 살지 말고
너의 꿈을 활짝 펼치고
네가 하고 싶은 일하면서
인생을 살아가거라

장난감 사들고 오는 손자 놈
세상에서 제일 행복한 듯
신이 나서 뛰어가는 뒷모습에
할아버지 환한 미소가
뜨거운 태양도 감싸 안는다

풀빛웃음

한바탕 꽃들의 수다가 끝난 뒤
연초록 바람이 유선형으로 도착했다
혀가 고운 새 한 마리 날아와
은빛 소리로 인사를 하고

키 작은 풀잎 뒤 숨어서 홀로 핀
저 들꽃 한 송이
연한 바람의 이동에도 말간 귀를 새우고
또 무슨 소식을 기다리나

까르르 까르르 아이들 웃음소리에
오늘도 도시 한쪽이 기우뚱
풀빛 꿈을 끌고 간다

불어라 바람아

그날도 저 어딘가에
따뜻한 바람이 불고 있었어
그때 고요로 치장을 하고
내 손을 슬며시 잡아주던 그대

벌써 몇 십 번째 지상에는
꽃이 피었다 지고 피었다 지고
다시 초록의 계절은 오고
아이들이 물빛 꿈을 꾸고 있을 때

저 먼 빛깔의 바람이
손 내밀며, 손을 내밀며
유선형으로 오는 걸 보았지

그래, 바람아 불어라
오늘도
내일도
저 먼 훗날까지도
우리 사랑 그 따뜻함을 위하여!

옥수수를 먹으며

더위가 서서히 시작되는 오월 상순의 아침
대청소를 하고 거실의 카펫을 걷어내고
강화에서 사온 화문석을 깔았다

널찍한 시골집 마당 한켠
감나무에 누렇게 익어가는 월화감이
먹음직스런 그런 풍경이 있는 화문석

어릴 적, 여름이 시작되는 하지 무렵
어머니는 옥수수와 감자를 한 소쿠리
간식으로 준비하셨다
더운 여름밤 마당 가운데 멍석 깔고 앉아
더위를 식히며 먹던 옥수수와 감자

세상살이를 모르던 우리들은
무엇이 그리 즐거웠던 지
까르르대며 밤이 깊어가는 줄도 모르고
그렇게 여름밤을 베어 먹으며 자랐다

날마다 먹을거리를 해주시던 어머니
그 어머니를 닮았나보다
손자들 입맛에 맞게 주말이면
밑반찬과 먹을거리 만드는 재미에
푹 빠져있다 나는,

3부

시월 햇살

쨍
햇볕 금가는 소리
열매 익어가는 소리
잎새 물드는 소리
거기
내 마음
물빛 추억하는 소리

시월 햇살은 괜시리
마음을 착하게 하고
쓸쓸하게 하고
아프게 하고
사랑하게 하고
그리고 어딘가 떠나라 한다
자연 같은 사람이 되라 한다
모두들 시인이 되라 한다

가을이 절며 와서

올가을
유난히 허무라는 단어를
많이 쓰는 이 남자가
사뭇 애처롭다

눈부신 고요 속으로
가을은 또 절며 절며 와서
지상의 주름살들을
환한 햇살들로 덮어주며

결실이라는 단어를
온 세상에 전하기 위해
눈물을 삼키며 떠나려는
저 볕살 좋은 가을 날

가만히 눈 감고
바람과 구름과
헛짚어 온 세월들을
나락 털듯 털고 있다

성묘

햇살도 물렁해진 늦은 가을 어느 날
한 동안 찾아가 뵙지 못한 부모님
엎드려 두 손 모아 큰 절 올립니다

"애야,
사는 게 어디 한 번쯤
상처 꿰맨 자국 없는 사람 있다더냐?"
가슴 속 깊이 묻어 두었던
마른 풀 우는 소리

그리움 남겨 두고 흙길 걸어오는 길
마음만 더 아리게 젖어옵니다

갈무리

머리에 달랑
홍시 하나 매어달고
바람에 몸을 맡긴
저 텅 빈 나무

억새풀
바람에 목이 쉬고
수북이 쌓인 가랑잎 속에
벌레 울음 잠길 때

나는
벗어 놓은 세월들을
다시
하나씩 주워

이 가을
다 가기 전
그대 앞에

가만히 내려놓고

고요히
길을 떠나렵니다

그녀가 떠나던 날

마른 풀 헛손질하는 11월 끝자락
그녀는 길을 떠났다
하늘도 슬퍼 눈물을 흘리는가
추적추적 비는 내리고

덩그렇게 놓인 영정사진
찾아오는 이 없어도
잔잔하게 웃고 있는 저 여자

갈 길 멀어 길 위에 머뭇거리는가,
가려거든 허름한 신발일랑 벗어버리고
야윈 등뼈 휘도록 지었던 등짐 죄다 내려놓고
훨~훨 날개 달고
멀리 멀리 날아가거라

참았던 한줌의 눈물
빛나는 별빛 되어
유성처럼 지고 있다

고요의 안쪽

온 몸으로 바람을 휘감으며
막막한 사랑으로 버텨가며
목숨을 걸었던 저 삶들이여,

아프게 아프게
외롭게 외롭게
어둠을 뚫고 살아 온
적막한 삶들이여

이제 지구를 한 바퀴 돌아
가을 하늘 어드메쯤
바람과 햇빛만 가득한
고요의 안쪽이
사뭇
튼실하게 영글어 가고 있다

노부부

바람도 싸늘한 초가을
산본역 4번 출구 어린이 놀이터 앞
오늘도 어김없이 할머니를 앉힌
휠체어를 밀며 오시는 할아버지

젊어 너무 고생 시켰다며
말 못할 곡절 속죄라도 하시는가
치매 걸린 할머니 어린아이 대하듯
갖은 수발 다 드신다는 할아버지

오고가는 사람들 구경 시켜 드린다고
파아란 가을 하늘 보여드려야 된다고
삭정이 같은 구부정한 몸으로
오늘도 두 팔에 힘을 넣어
휠체어를 밀며 오신다

앞니 빠진 얼굴에
환한 미소를 머금고

내 안의 나를 본다

이 가을 젖은 비에 먼 데 산이 울고 있다
무심한 바람결에 몸을 맡긴 저 나무
저무는 노을빛에 내 안의 나를 본다

소리를 내지 않고 우는 갈대를 보아라
눈물 없이 우는 새의 소리를 들어보아라

암흑 끝까지 가 본 사람아
우리는 언젠가 죽을 수밖에 없는 죄인

햇빛 가장자리에 걸어두었던 마음들을
가을의 빈 들녘 바람의 갈피마다
이삭 줍듯, 이삭 줍듯이 새겨 넣고 있다

보랏빛 눈물

죽어도
지워지지 않을
첫사랑도
이제는
서서히 식어가고

허름한 마음 한켠
추억으로 남았다가

기어이 닿을 수 없는
멀고도 가까운
생각 바깥에서

꿈길을 거닐 듯
보랏빛 눈물 흘리며
그렇게
별처럼 살고 싶습니다

멀고도 가까운

가끔은
당신이 가장 먼 사람인 것 같기도 하고
또 가끔은
당신이 가장 가까운 사람인 것 같기도 하고

항상
나와 함께 동행 하신다는 그 말씀을 듣고
두려워 말고 담대히 나아가라고 하신
높으신 곳에 계신 이의 언약에
귀 기울이며 살아갈 수 있기를

세상 바깥에서 들으며
감사할 따름입니다

도가니탕

검불 같은 노부부
지팡이 의지하고
오랜만에 몸보신하러 간다
이 빠진 뚝배기 허연 국물 속에
떠오르는 아들 얼굴 딸 얼굴
멀리 떨어져서도 잘 보이는
불빛 같은 그리움

거친 세월 견뎌온
지난날들을 되돌아보며
퍼덕거리던 한때의 꿈
다시 헹궈보고
넘어져도 넘어져도 타오르던
그 불길 다시 피워보고
도가니 뼈 오돌오돌 씹다가
후루룩 국물 마시며 훗훗 웃는다

낮달

보고 싶은 사람
끝내
만나지 못했나보다

높은 곳을 향해
두 손 모아
기도하듯이

대낮에도
서성이며
헤매이는 걸 보면

말없는 길

햇빛도 잠이 들어
캄캄한 어둠 입을 벌리고
풀무치 은실 짜듯
울어대는 오솔길

그리움 달빛 되어
가슴에 적셔오고
언덕 너머 소년은
무슨 꿈을 꾸고 있나

태곳적 바람은
아직도 보랏빛
사랑을 간직한 채
먼발치에서 불어오는가

이 길은
안타까움이 서성이던
그대의
말없음표

빈 집

어머니 생각에
고향 집에 갔습니다
마당에 잡풀들 우거지고
강아지 한 마리
바람과 벗하며
빈 집을 지키고 있습니다

집 안 구석구석
어머니가 보입니다

다듬이 소리 들리고
구시렁대던 소리 들리고

장독의 빈 항아리
묵묵히 안주인을 기다립니다

오래된 감나무 외로움에
속울음 울며

불면으로 눕지 못하고
풋 감만 툭 툭 내던집니다

그리움이 꼿꼿이 일어나 서성이는
고향의
텅 빈 집

각시붕어

하늘이 반월저수지
가까이 내려온 날

가만히 지켜보던
각시붕어 한 마리
화들짝 놀라
물풀 속 깊은 곳으로
들어갔다

꼬랑지 짧은
가을 햇살이
슬며시 고개 내밀어
웃으며 보고 가는

모과나무

팔순을 넘기신 아버지
모과나무 두어 그루
마당 끝에 심으셨다
언제 그 나무가 자라서
모과가 열리겠느냐며
핀잔하시던 어머니

햇빛도 영그는
늦은 가을 어느 날
텅 빈 고향집에 가면
노랗게 익은 못난 모과
많이도 달려 있다
손자들 감기에 좋다 하시던
아버지 먼 미래의 말씀

지금도 아득해진 그리움으로
남겨진 그 말씀 들으며
못난 모과 따다가

모과차를 담고 있다
적막과 그리움을 가득 부어

전화

건강에 적신호가 왔다며
허둥대던 그녀
우선 급한 불 껐다며
결과 기다리던 그녀

사랑하는 마음 넘쳐
꼼꼼히 챙겨주는 목소리
항상 情 많아 분주한 그녀

삶에 대한 열정은
몇 번씩 옮겨 타는 번거로움
즐겁다는 그녀

마음을 묶어내고도
아름다운 꿈 가득한 그녀

情 듬뿍 담아 전화선 너머
들려오는 그녀 목소리

10월

갈대는 바람에 안겨
서럽게
서럽게 울어대고

하늘은 환장할 만큼
높고 파래서 이상하게
자꾸 나를 헷갈리게 하고
생각에 젖게 하는

우리가 헤어지던 그날

가을은

가을은 먼저 산 위에서
신열로 앓아누웠다가 말없이 내려온다

저기 어디쯤,
잎새에 감춘 비밀 있어
서 있는 방황마저 손잡고
상처자국 남기며 온다

물결치던 푸르른 기억들
빛나던 모든 육신들
가슴 깊숙이
긴 그리움 간직한 채

조용히 이마를 수그리고
어둔 밤 몰래
꿈처럼 살며시 걸어온다

4부

꿈속의 간이역

나는
오늘도 기다립니다
긴 겨울 끄트머리
저기─ 어드메쯤

부서지는 햇살과
연둣빛 가슴에 안고
남겨진 사랑 찾아
그대 오실 것을

어쩌면
꽁꽁 언 돌부리에 걸려
먼─ 길 돌아오시느라
시간이 걸릴지라도

그래도
나는
분홍빛 립스틱을

곱게 바르고

그대 오기만을
꿈속의 간이역에서
바람과 함께
기다리고 있으렵니다

빈 들

거친 비바람 다
온 몸으로 받아가며
지상의 여린 목숨들
모두 가슴에 안고
튼실한 열매 맺으라
따뜻하게 품었다가

아낌없이 미련도 없이
모든 것 다 내어주고
착하게 엎드린
저
빈 들의 고요

이제 만나셨나요

시베리아벌판 칼바람 불어오던 날
성근 삼베옷 한 벌 얻어 입고
꽃가마 타고 그대 곁에 가셨습니다

육십여 년 한솥밥 나눠 먹다
오년 전 먼저 가신 그대
정녕 잊을 수 없어 뜬 눈으로 지새며
애타게 목메어 부르시다가
기어이 닿을 수 없는
당신 곁으로 가셨습니다

이곳에 남긴 자녀들에게
그리움 곱게 접어놓고
은빛 개울 건너
그곳에 계신 당신 곁으로
살포시 미소 지으며 가셨습니다

평안하고 행복한 모습으로

가만히 꽃 이불 덮고
시린 몸 그대 곁에 잠드신
어머니,
이제 아버지를 만나셨나요

싸락눈 밟으며 가시는 길
어찌
이리도 고요로운지요

기도 1

비울수록 채워주시고
엎드릴수록 일으켜주시는
하나님, 감사합니다

풀꽃 이마에 맺힌 영롱한 이슬
보지 못하던 눈 뜨게 하시고
가뭄에 목말라 시들어가는
여린 꽃에게 비를 기다릴 줄 아는
인내 주심, 감사드립니다

항상 크신 손으로
큰 질서 높은 두려움
알게 해주시고
자연의 이치에 순응하는
법 일깨워주시고
어둠 가운데서도
빛을 찾는 본심 다시
갖게 하심, 감사드립니다

아직도 사랑할 시간

허락하시고

휴식할 수 있는 밤 베풀어주심

감사 감사 드립니다

기도 2

철따라 풍성한 결실을
값없이 주시는 이여
스스로를 낮추시고
대가를 바라지도 않으시는
저 자연을 닮기 원합니다

지극히 자비로우시며
사랑으로 천지를
가득 채우시는 이여
저희들에게도 항상
사랑과 겸손과 인내와
자연의 향기가 넘치는
삶이되기를 원하오며
나보다 약한 자들을
어두움에서 건지시어
따뜻하고 넉넉한 품으로
품어 주옵소서

어두운 세상에
빛으로 오신이여
이 풍요로운 가을
저 들판의 넉넉함을
갈급한 모든 이들에게
골고루 나누어 줄 수
있게 하옵소서

미안하고 고맙다

너를 쉬게 하지 못해 미안하다
그 흔한 핸드크림 한 번 발라주지 못해 미안하다
손톱에 매니큐어 칠 한 번 해주지 못해 미안하다
항상 부드럽게 해 주지 못해 미안하다
너를 너무 부려먹어 손가락에 관절통 오게 해 미안하다
미안하다

그래도
네가 있어 모든 음식 맛있게 먹을 수 있어 고맙다
네가 있어 부모님, 형제들, 아들 딸, 이웃들에게
맛있는 음식해줄 수 있어 고맙다
네가 있어 집안의 모든 일 할 수 있어 고맙다
쓰레기 더미에서 벗어날 수 있도록
깨끗하게 청소할 수 있어 고맙다
사람을 만나러 나갈 때
얼굴에 예쁘게 화장할 수 있어 고맙다
이렇게 너에게 고맙다고 글로나마 쓸 수 있어
고맙다 손아

그런데
지나가는 바람이 그러더라
네가 움직이지 않는다면
이 세상은 끝이 난 거라고

그대가 걸어온 길은 모두가 아름답다

종달새 우짖는 봄 언덕배기
파아란 꿈꾸며 달려온 시간들
눈물 젖은 빵을 혼자 씹으며
무거운 짐 내려놓을 곳 없어
등뼈 부서지도록
앞만 보고 달려 온 육십 년

아- 어느새
속절없이 세월은 흘러
흰머리 갈피잡지 못하고
바람은
먼 곳에서 불어와
그대 곁에 머무네

까까머리 부스럼이 아직도 눈에 선한데
눈가에 겹치는 잔주름
세월만 거슬러 달려만 가네
어린것들 눈망울에 하루의 피로를 잊고

칼바람 부는 언덕을 오르내리며
남부럽지 않은 정원을 가꾸었건만
못다 이룬 사랑하나
슬며시 저음으로 다가와
적막한 그를 부르네

우리는 알고 있네
그대가 걸어온 길은
그대의 모두를 투자한 세월인 것을

그대가 걸어온 시간은 모두가 아름다운 길이네

대나무

갖은 찬사 다 들어도
언제나 말이 없는 그대

오로지 하늘만 바라보며
네 갈 길 가는구나

푸르디푸른 마디마다
청아한 빛 발하며
그 누가 뭐라 한들

눈 하나 꿈쩍 않고
많은 바람 받아가며
가슴으론 키만 키우는구나

천 년을 산다 한들
그대를 닮을 수 있겠느냐

얼마를 버리고 나면

그대의 적막을

빈 것으로 채울 수 있으려나

목욕을 하다가

어느 누가
너처럼
나의 발가락까지
샅샅이 씻어 주겠느냐

부드러운 거품으로
몸 구석구석
숨은 때까지
벗겨 주겠느냐

그 사람이
아무리 사랑한다지만
너 만큼이야 하겠느냐

희미해진 기억까지도
불러내어
놋그릇처럼
윤기 나게 닦아주는

고맙다
너
비누야

그리움의 집

하늘이
눈부시게 푸르른 날
어머니가 보고 싶어
고향집
빈 집을 찾습니다

텅 빈 대청마루에
허기진 마음을 하고
어머니의 빈 그림자와
마주 앉아 대화합니다

얼마나 많은 밤을
마른 가슴 짜내며
외로움에 서성이셨을까

눈시울 닦으며
대문의 빗장을 걸고
다시 또

헐쑥한 낮달이 떠 있는
세상으로 발길을 돌립니다

눈 오는 밤이면

어두운 하늘에서
첫사랑이 내려옵니다

꽁꽁 얼어 시린 손 마주 잡고
호 호 입김 불어 녹여 주던
그 사람이 생각납니다

눈 오는 밤이면
어제인 듯
다시 손잡아 줄 것 같은
그리움이 애달파 합니다

그냥 보고 싶은 마음
그 밤이 되고 싶습니다

먼 그대

누구나 말 못한 사연
하나 가슴에 품고 산다
누구나 사무치게 그리운 사람
하나 가슴에 안고 산다
누구나 적막한 외로움 달래며
가슴에 묻고 산다
바람도 비껴가는 아련한 추억
가슴에 간직하고 산다

보고 싶은 사람
달려 가 볼 수 없을 때
그 안타까움 하늘이 위로해줄까
오늘도
방금 보낸 이별이 너무 아파
허공에 등 밝히고
가슴 한켠 아무도 모르게
적막으로 비워둔다

한 해의 끝자락

또 한 해가 간다

주름살 하나 더 얹어놓고

일 년이 아마

열한 달인가 보다

마음은 아직도 가난한데

달력이 저만치 걸어가고 있다

흰 고무신

등 굽은 언덕배기
뒷짐 지고 오르시는
아버지 기침소리

세월의 무게만큼
굽어진 어깨며
주름진 미소

중년의 등 뒤
아파오는 내 기억 저 편

아직도 떠나지 않은
눈물 감춘 적막 하나

마른 풀 향기처럼
오늘도
먼발치에서
느리게 걷고 있다

나이 든다는 것

연로하신 시인께서 보내주신
한 권의 시집
읽고 읽고 또 읽어 보아도
왜 자꾸 서글퍼만 지는 걸까

나이가 든다는 것
일이 없다는 것이
이렇게도 허무하고
쓸모없어지는 걸까
우리도 머잖아
그런 날이 곧 닥칠 텐데

그래도 선생님!
그 위대한 시를 짓고 계시잖습니까?
이보다 얼마나 더 큰 일을 하셔야만
일을 하셨다 하시겠어요?

선생님은 지금

아주 큰일을 하고 계십니다
서러워 마십시오
그런 일을 아무나 하는 것이
절대 아닙니다

선생님은 아주 고귀하고
위대한 분이시니까요

고향집 감나무

바람도 발을 헛딛고 가는
곰삭은 그리움들 지천에 쌓인
내 유년의 텅 빈 고향집
앞뜰의 늙은 감나무 한 그루

어머니는 무서리가 내리면 까치밥을 남겨두고
감을 따서 항아리에 켜켜이 안쳐 놓으셨지
흰 눈 쌓이고 수은주 영하로 내려가면 어린 것들
모아놓고 고요로 더욱 달게 우린 홍시를 간식으로 주셨다
서로 더 먹겠다고 감빛보다 더 붉은 얼굴로
어머니 가슴 파고들던 어린것들

그때는 눈먼 바람도
맨발로 지는 해 붙잡고 놀고 있었다

따뜻한 온돌방 아랫목이며
온돌보다 더 따뜻한 어머니 가슴이며
그 가슴에서 나오는 오지항아리 같은 이야기는

지금도 감나무 속에 입력이 되어
나의 눈 나의 귀를 수시로 잡아당긴다

또 한 해를 보내며

마지막 달력 한 장을 남긴
싸락눈 싸락싸락 쌓이는 밤

지난 1년도 잘 살아 왔는가
되돌아본다
무얼 하며 살았나
무슨 생각을 하며 살았는가
남은 생을 어떻게 살아야 할 것인가
무수한 생각들이 잠들지 못하고
까만 밤을 서성인다

마지막 전철소리
피곤한 몸을 이끌고
따뜻한 가족의 품으로
물먹은 솜처럼
지친 하품하며 퇴근하는 가장들

그래

당신들이 있어 세상은
그래도 살 맛 나는 거야
아직은
희망이 있는 거야

채송화와 (   )

나는 틀렸어
이런 외모로는 도저히 그 무엇도 할 수가 없어
세상에서 나 같은 것을 누가 반기겠어
아무리 조상을 탓해보고 부모님을 원망해본들
달라질 것은 아무 것도 없어
정말 죽어버릴 수밖에 달리 아무 것도 할 수가 없어
그래 죽자,
이렇게 땅에 빌붙어 살 바에는 죽어버리자
그 길이 오직 내 갈 길이다

그때 옆에서 누군가 한 마디 한다
너는 키 하나 작은 걸 가지고 죽을 생각만 하니
그래도 네 꽃이 예쁘다고
모든 어머니처럼 사람들이 고향을 생각한다며
한 줌의 흙만 있어도 너를 심고 너를 바라보며
고향을 그리고 살아가잖아
그런데 죽긴 왜 죽어 희망을 가지고 살아라
네 아름다운 작은 꽃을 보이며 넌 얼마든지

사람들의 사랑을 한 몸에 받으며
한 계절이 다 사그라질 때까지 살아갈 수가 있어

나를 봐라
나는 그 많은 사람들의 더러운 발길에
질경질경 짓밟히면서도 살려고 안간힘을 쓰고 있잖니
그렇다고 그런 나를 누구 한 사람
안타깝다 보살펴주는 사람이나 있니
거기다가 꽃이 예쁘다고 행여 한 송이 꺾어보기라도 했니
차라리 꽃이라도 한 번 꺾어봤으면 좋겠다

그런데 이상한 것이 하나 있더라
내가 몸에 좋다고 잎을 뜯어다가 삶아서
기름에 볶아 먹기도 하고 씨는 차전자車前子라 하여
말려서 한약재로 쓴다는구나
너는 그래도 살아 있어서 중생들의 시각을 즐겁게나 하지

나는 뭐냐 잎은 생으로 뜯겨서 그것도 펄펄 끓는 물에

얼마동안 삶아지는 아픔을 맛봐야 미각을 즐겁게 한다 하고
씨는 몇천 도의 끓는 물에 두 시간이 넘도록
다른 것들과 함께 어울려 내 진약이 다 빠질 때까지
죽어라 끓임을 당해야 또 육신에 좋다고
겨우 물마시듯 훌쩍 마셔버리고 말잖니
그래도 나는 내 일생이 그것이라 하여
그냥 살아가고 있는데
너 같은 아름다운 꽃을 가지고
왜 그런 자학을 하고 그러니
너는 정말 아름다워

잘났다고 하늘 쳐다보며 큰소리치며 서서 사는 사람들보다
비록 땅에 엎드려 죽은 척 산다고는 하지만
너만큼 많은 사람들의 시선을 받는 꽃도 드물어
또 네 꽃은 떨어질 때도 소리 없이 바람도 모르게
살그머니 그냥 주저앉잖니
수직으로 떨어져야만 꼭 거창하게 살다 죽는 줄 아니
너처럼 대로변이 아닌 한적한 흙담 밑에서

조용히 살다 가는 꽃이 얼마나 멋있니

봄에 화려하게 피었다 지는 벚꽃보다
비록 하루살이 꽃이라 한들
네 다양한 색깔에 조용히 마음을 가라앉히며
홀로 눈물짓는 이들이 얼마나 많겠니
있는 자들의 제물이 되는 나 같은
쓴맛을 보여주며 사는 것보다는
너처럼 없는 자들의 다정한 눈물이 되어주는
그런 네가 나는 더 부럽구나

높은 곳으로 올라 서려만 하지 말고
나도 너처럼 엎드려서 낮아지는 연습을 해야지
그래서 수천수만의 낮아지는 마음으로
거듭나는 아름다움을 발산해야지

계절을 품어 안는 농밀한 시어들

박현태 시인

새 작품집 앞에서는 늘 긴장하게 된다. 새로운 또는 낯선 것으로부터 느끼게 되는 궁금함과 기대 등의 감정이 복합적으로 다가온다. 그래서 첫 장을 열기 직전에의 긴장은 언제나 설레임이다. 이번에 살펴 본 시집 『작은 새 날다』는 짧지 않은 시력을 이어 온 원순옥 시인의 첫 시집이다.

이 시집의 현관에 시집 표제의 시 「작은 새 날다」가 걸려 있고, 문턱을 넘으면 「사월」 「저기 봄이 오고 있네요」 등이 차례로 반겨준다. 짐짓 낯설지만은 않은 듯 언젠가 본 듯 살갑게 다가온다. 원순옥 시인의 시들은 그 동안 여러 해를 거듭하면서 숱한 지면을 통하여 읽고 보아왔기 때문이기도 하다.

몇 년 전 군포문인협회 기관지 〈시민문학〉에 게재된 원순옥 시인의 집중조명에 관여한 바 있었다. 당시 「원순옥 시인의 '불어라 바람아'」라는 제목을 달아 두고 아래와 같은 해설을 하였다.

한 시인의 시적 조망과 그 편린들을 탐조해 본다는 것은 쉬운 일이 아니다. 그럼에도 쾌히 다가간 건 원순옥 시인과는 문학 활동을 통한 교분을 오래 해왔기 때문이다. 그 시를 이해하고 엿볼 수 있다는 것에 그 시인을 안다는 것은 지름

길 요인이 되기 때문이기도 하다.

아지랑이 덩실 춤추며 오시던 날
내 품속 깊이 간직했던
새 한 마리 놓아 줍니다

파릇한 봄볕 아래
이제 막 날기 시작하는
여리디 여린 작은 새

"지금 막 발 디딘 그곳이 네 세상이려니…"

가슴에 묻어 두었던
아스라한 그리움
그 그리움의 바깥이 일순 환해집니다

—「작은 새 날다」전문

　위 시는 표제의 시다. 심미적 요체가 간결하면서도 깊다.
시를 관통하는 화자의 시선이 전혀 무리가 없으면서도 순도
가 떨어지지 않는 긴장감을 잃지 않고 있음을 볼 수 있다. 그
렇다고 너무 팽팽하지도 않다. 원 시인의 언어 다루는 솜씨
가 지나치게 농밀치 않으면서 경솔하거나 무디지 않다는 것
을 직감하게 한다. 길지 않는 시행들이 함축하고 있는 잔잔
한 심상들이 이어 읽혀질 시집의 시들이 무엇을 보여줄 수
있는가를 넌지시 짐작케 한다.

생명이 보고 싶어
삽질을 하다가
지렁이 한 마리 캐냈다

머리는 지구 안으로
꼬리는 지구 밖으로
어디가 머리이고, 어디가 꼬리인가

봄볕이
그들을
세상으로 불러내고 있다

거기 초록이 서 있었다.

—「사월」 전문

상징과 비유가 참 깔끔하다. 순도가 떨어지지 않도록 무던히 노력한 조바심도 보인다. 우리가 시에서 구애하는 바가 이런 게 아닐까 하는 생각을 하게 한다. 봄이 움트는 계절에 손수 가꾸는 텃밭에서 작은 부삽으로 새 생명을 심기도 하고 캐내기도 하는 서정적 풍경이 아슴한 그림처럼 떠오르게 한다. 또는 '머리는 지구 안으로/ 꼬리는 지구 밖으로/어디가 머리이고/ 어디가 꼬리인가' 이 상징적 질문은 예사로운 게 아니다. 누가 섣불리 간단하게 해석하거나 단정하기에는 두려움을 느끼게 한다. 거기 초록이 서 있듯 이는 섭리의 원질을 느끼게 해준다.

빈 찻잔에
지는 꽃 그림자를 고요히 부어
바람과 함께
그대에게 보냅니다

물소리도 가벼운
그날 밤 잠 못 이루던
내 생애 아득한 그리움
아~
저기 봄이 지고 있습니다

산다는 것은 어쩌면
꽃이 피고 꽃이 지는 것처럼
환한 적막과 푸른 고요가
먼 길 서성이다 놓쳐버리는
그런
봄날 저녁 같은

아~!
저기 봄밤이 막 가려 하네요.

       —「저기 봄이 가고 있네요」 전문

 이번 시집의 시들을 대별해 보면 봄·여름·가을·겨울의 이미지를 촘촘히 살펴 계절적 조망을 노래하고 있다. 시에 테마를 두고 접근한다는 것은 쉬운 일도 아니지만 자칫 진

부해 보이기도 할 수 있다. 때로는 유기적 인화가 어렵기도 하고 결속력이 느슨해지기도 하는데, 원순옥 시인은 이를 잘 극복하고 있다.

벚꽃이 만개한 어느 봄날
나는 길가에 시를 버렸습니다

다시는 오지 않을 이 봄에
나는 흩어지는 꽃잎 하나를 주워
입맞춤하고는
그 꽃잎을 버렸습니다

다시는 오지 않을 이 봄날
한 사람이 꽃잎처럼 가버렸습니다
입가에 환한 미소를 머금고
슬며시 내 곁을 떠났습니다

무거운 짐 모두 벗어 던지고
훨훨 나비처럼 날아
가 버린 한 영혼을
나는 끝내 붙잡지 못했습니다
　　　　　　　　　－「홀로 된다는 것」 전문

애매모호하거나 짐짓 낯설게 하지 않았기에 오히려 간결하고, 담박하도록 찬찬이 드러나는 심상을 여실이 보여준다.

홀로는 둘보다 외롭고 약하다. 약하고 외로운 건 시인을 동정하게 하고 위로하고 싶게 한다. 이 시에서 더불어 시이든 꽃이든 봄이든 사람이든 사랑이든 굳이 단정해주지 않아도 읽는 이로 하여금 넌지시 짐작케 하는 화법이다. 시는 쓰는 게 아니라 짓는 것이라는 말처럼 시인의 언어는 의사전달의 단순한 의미 그 이상의 진정을 형상화시킬 수 있어야 시적 순도가 깊어진다.

그
먼 길

누군가 사뭇 올 것만 같아

연한 상추꽃
한아름 안고

—「5월」 전문

　시인의 말이 시가 되고자 할 때는 마음이어야 한다. 단순 표현이 아닌 감성이 담긴 은유의 집이어야 한다. 원순옥 시인의 위 시는 얼핏 이해가 되지 않을 수도 있다. 그러므로 이 시가 함축하는 바가 더 넓고 자유롭다.
　'누군가 사뭇 올 것만 같아// 연한 상추꽃/ 한 아름 안고'라는 부분에서 볼 수 있듯 시인이 노리는 여백과 침묵은 쉬는 호흡만이 아닌 멈춘 긴장이기도 하다. 자유로움이 그냥 무위만으로 설명되지 않듯이 이 시에서 시인이 던져주는 여백은 읽는 이로 하여금 자유 그 이상의 상상의 메시지를 느끼도록 요구한다. 한 점 바람 같은 사유, 시에 있어서 침묵은 오히려 무리한 덧붙임보다 더 수다한 대화를 나눌 수 있게 한다. 때로는 침묵처럼 불안케 하기도 한다.

원순옥의 시집『작은 새 날다』로 이 시인이 펼치는 마음의 화첩을 구경하는 찬찬한 재미와 더불어 화자가 시를 통하여 관여코자 하는 사물들과의 인연을 풀어내는 감성을 흥미롭게 엿보게 된다.

이 시들을 통하여 우리가 궁극적으로 가닿아야 할 원순옥이라는 시인, 시인이 갖고 있는 시적 자양분과 문학적 심상이라는 전제를 간과할 수는 없다. 나는 이미 원순옥 시인의 시와 시인에 대하여 이야기 한 바가 있다.

그는 감성의 시인이다. 이는 그의 시 기저가 서정성에 있다 함을 말한다. 그는 낱말의 선택과 어휘구사가 정갈하면서도 농밀하다. 그의 시적 경향은 자연친화적 정감들이 주조를 이루며, 소시민적 일상성과 과거 지향적 정서를 가지고 있는 서정시인이다.

> 손끝 하나 까딱 않는 햇볕에도
> 가부좌를 풀지 않는
> 저
> 청록의 이파리들
>
> 머리카락 휘날리며 맨발로 뛰다가
> 넘어지다가 일어서다가 찬찬히 걷다가

보내버린 세월

다시는 돌아 올 수 없는 그리움 한 채가
한낮의 7월 아래
늘어지게 졸고 있다

— 「7월 한낮」 전문

　살다보면 가끔 멍해질 때가 있다. 짙어지는 창밖의 녹음을
시쳇말로 멍 때리게 보다가 감전되듯 떠오르는 시상을 주섬
주섬 주워 담은 한 수라 여겨진다. 날씨가 더워도 생각이 권
태로워도 놀란 체 해도 그냥 그대로 쉬지 않고 가는 게 세월
이다. 그것이 무상이다.

어찌 흐르는 것이 물 뿐이더냐
세월이 흐르고
구름도 흐르고
사랑도 흐르고
그리움도 흐르고
계절도 흐르는데

— 「물의 지혜」 부분

그냥 잠만 잤다
마음을 비우려 간 곳에서
무더운 여름
몇 날 낮, 몇 날 밤을

마냥 잠만 잤다

—중략—

흘러간 것은
다 그리움이라는 것을
　　　　　　—「마음을 드라이크리닝하다」 부분

　맥락이 비슷한 시들 중에서 발췌해 본 부분들이다. 명료한
수사들로는 전혀 접근될 수 없는 여유로움이다. 이번 시집의
전반적 흐름은 여유와 관용에서 오는 달관을 보여준다. 연륜
이 느껴지는 시인의 심상을 능히 보여주고 있다. 시는 시인
에게서 지어지기에 그 시에 그 시인의 본성이 함축하고 있
는 불가피성 진정성을 감출 수는 없다. 한 권의 시집에 등재
된 백 편의 시가 다 달라도 끝내는 하나의 주조를 느끼게 되
는 점이 이런 것이다.

　　이 가을 잦은 비에 먼 데 산이 울고 있다
　　무심한 바람결에 몸을 맡긴 저 나무
　　저무는 노을빛에 내 안의 나를 본다

　　소리를 내지 않고 우는 갈대를 보아라
　　눈물 없이 우는 새의 소리를 들어보아라

　　암흑 끝까지 가 본 사람아

우리는 언젠가 죽을 수밖에 없는 죄인

햇빛 가장자리에 걸어두었던 마음들을
가을의 빈 들녘 바람의 갈피마다
이삭 줍듯, 이삭 줍듯이 새겨 넣고 있다
— 내 안의 나를 본다」 전문

　시인은 시를 나와의 대위법으로 말하게 된다. 시의 언어는
함축의 언어다. 무엇을 곧이 곧대로가 아닌 비유와 대비와
감춤과 노출로 견고한 순도를 높여간다. 그의 시 「낮달」이라
는 제목을 달고 나온 시를 한번 살펴보기로 한다.

보고 싶은 사람
끝내
만나지 못했나보다

높은 곳을 향해
두 손 모아
기도하듯이

대낮에도
서성이며
헤매이는 걸 보면

　위 시에서 우리가 감지하는 맛은 깔끔하며 투명하고 담담

하다. 그러나 시의 함양은 깨끗한 자유로움으로 행간을 채우는 반면, 맥락의 한계에 간섭되지 않는다. 설사 구체적 인화에 부족함이 있다하더라도, 의미의 결속력이 좀 느슨하다하더라도 능히 그 됨을 알게 한다.

> 갈대는 바람에 안겨
> 서럽게
> 서럽게 울어대고
>
> 하늘은 환장할 만큼
> 높고 파래서 이상하게
> 자꾸 나를 헷갈리게 하고
> 생각에 젖게 하는
>
> 우리가 헤어지던 그 날
>
> ―「10월」전문

이 시에서도 그러함은 예외가 아니다. 시인의 내면 깊숙이 내재된 자아의 의식과 무의식을 시로 통해서 토해 낸다. 그가 무엇이든 그가 누구이든 만나면 헤어진다. 그것이 반드시 서럽기만 하겠냐마는 시는 시인에게 서럽다고 노래하게 만든다. 시가 영혼의 노래라고 하는 까닭이 될 것이다.

> 어두운 하늘에서
> 첫사랑이 내려옵니다.

꽁꽁 얼어 시린 손 마주잡고
호 호 입김 불어 녹여주던
그 사람이 생각납니다

눈 오는 밤이면
어제인 듯
다시 손잡아 줄 것 같은
그리움이 애달파 합니다

그냥 보고 싶은 마음
그 밤이 되고 싶습니다
─「눈 오는 밤이면」전문

또 한 해가 간다

주름살 하나 더 얹어놓고

일 년이 아마

열한 달인가 보다

마음은 아직도 가난한데

달력이 저만치 걸어가고 있다.
─「한 해의 끝자락」전문

위에 인용한 두 편의 시는 밀도나 긴장감에서 약하다 볼
수 있지만, 시인은 이쯤에서 쉬어 가고 싶어 한다. 팽팽한 긴
장감에서 풀려나 여유롭고 싶음을 보여 준다. 위 두 편의 시
가 차례의 뒤쪽에 자리하는 건, 계절적인 요인도 있겠지만,
처음부터 차렷 자세로 강박하게 데려온 시적 밀도를 좀 풀
어주고 싶었을 것이다.

나는 한 편의 시는 하나의 세계라 주장한다. 고유한 하나
의 세계를 만든다는 건 쉬운 일이 아니듯 한 권의 시집을 상
재한다는 건 예삿일이 아니다. 더구나 짧지 않은 시력을 거
쳐 오면서도 드디어 첫 시집을 낸다는 것은 그냥 설렘만으
로 흡족해지지는 않을 것이다.

원순옥 시인의 시집 『작은 새 날다』에 대하여 내 나름 열
독을 하면서 빠트리지 않고 또는 허투루되지 않게 열심을
다했다. 혹여 간섭이 되거나 지나침이 없기를 조심했다. 끝
으로 아래의 시를 인용하면서 해설을 마치려 한다.

나는
오늘도 기다립니다
긴 겨울 끄트머리
저기— 어드메쯤

부서지는 햇살과
연둣빛 가슴에 안고
남겨진 사랑 찾아
그대 오실 것을

어쩌면
꽁꽁 언 돌부리에 걸려
먼― 길 돌아오시느라
시간이 걸릴지라도

그래도
나는
분홍빛 립스틱을
곱게 바르고

그대 오기만을
꿈속의 간이역에서
바람과 함께
기다리고 있으렵니다

― 「꿈속의 간이역」 전문

　　이에 줄이며 원순옥 시인의 혼신을 다한 몸짓에 경하를 보
내며 더 맑은 시상으로 더욱 넉넉해지는 삶이 이어지기를
바랍니다.

작은 새 날다

ⓒ2021 원순옥

초판인쇄 _ 2021년 9월 2일

초판발행 _ 2021년 9월 7일

지은이 _ 원순옥

발행인 _ 홍순창

발행처 _ 토담미디어

서울 종로구 돈화문로 94(와룡동) 동원빌딩 302호

전화 02-2271-3335

팩스 0505-365-7845

출판등록 제2-3835호(2003년 8월 23일)

홈페이지 www.todammedia.com

편집미술 _ 김연숙

ISBN 979—11—6249—104—1